INSCRIPTIONS DE MIRAN

PAR

M. A.-M. BOYER

EXTRAIT DU JOURNAL ASIATIQUE

(Mai-Juin 1911)

PARIS

IMPRIMERIE NATIONALE

MDCCCCXI

INSCRIPTIONS DE MIRAN

INSCRIPTIONS DE MIRAN

PAR

M. A.-M. BOYER

EXTRAIT DU JOURNAL ASIATIQUE

(MAI-JUIN 1911)

PARIS

IMPRIMERIE NATIONALE

MDCCCCXI

INSCRIPTIONS DE MIRAN,

PAR

M. A.-M. BOYER.

Les inscriptions dont suit l'étude sont une parcelle du riche butin épigraphique recueilli par M. Stein au cours de sa seconde expédition en Asie centrale. Leur découverte est de celles qui ont notablement reculé vers l'Est les limites de l'aire connue de la kharoṣṭhī. Elles furent trouvées à Miran par l'éminent explorateur dans les ruines de deux sanctuaires de même type, c'est-à-dire consistant l'un et l'autre en une rotonde renfermant un stūpa[1]. M. Stein désigne ces deux temples par les notations M. III, M. V. Du premier j'ai seulement à dire que les fouilles ont mis là au jour des fragments de soie inscrits en kharoṣṭhī : je parlerai de ces épigraphes en dernier lieu. Le second porte sur ses murs deux inscriptions également en kharoṣṭhī, et voici dans quelles conditions.

La principale frise de la rotonde y est couverte d'une fresque, représentant la scène suivante. Un éléphant richement harnaché est conduit par un personnage princier qui porte une aiguière de sa main droite, et de sa gauche soutient la

(1) Sur les fouilles à Miran, voir M. Aurel Stein, *Explorations in Central Asia, 1906-8*, p. 29 et suiv. (*Reprinted from the « Geographical Journal » for July and September, 1909*).

trompe de l'éléphant. Viennent à la suite, montés sur un quadrige, une reine et deux enfants; puis, terminant cette procession, encore un personnage royal, qui passe à cheval sous la porte d'une ville ou d'un palais. Je donne cette description d'après les détails que je dois à M. Stein, n'ayant pas eu entre les mains les photographies de la fresque entière. Mais je puis ajouter que le très habile interprète des scènes buddhiques qu'est M. Foucher a eu l'occasion de les examiner et veut bien me permettre de dire qu'il ne conserve guère de doute sur le sujet traité par le peintre : nous avons à voir dans notre fresque la figuration d'un jātaka, celui de Viśvaṃtara. Je ne saurais, pour ma part, que m'associer à cette opinion.

Des deux inscriptions en question, l'une est peinte sur le train de derrière de l'éléphant, l'autre, également tracée au pinceau, se trouve au linteau de la porte où passe le personnage à cheval, et, par suite, immédiatement au-dessus de lui. Mon déchiffrement repose sur les photographies prises à Miran par M. Stein : les conditions défavorables de lumière et de position où se trouvait l'opérateur ont fait obstacle à la netteté de celle de l'inscription sur porte, et elle laisse plus ou moins douteuse la lecture des cinq dernières syllabes, sauf cependant la partie consonantique des deux dernières (*p*, *tr*) qui est parfaitement certaine; mais j'ai pu assurer la lecture de l'inscription entière grâce à un dessin que M. Stein en a fait sur place, et qui permet heureusement de démêler les traits propres aux syllabes peintes des traits adventices que la photographie ne saurait différencier. Avec son obligeante autorisation, je reproduis ici ces deux photographies.

Inscription de l'éléphant (cotée M. v. 246, 251). — Quelques points qui semblent intentionnellement marqués au pinceau, et ont été notés par M. Stein dans un dessin qu'il a fait de cette inscription, se trouvent ainsi disposés : un au-

1

2

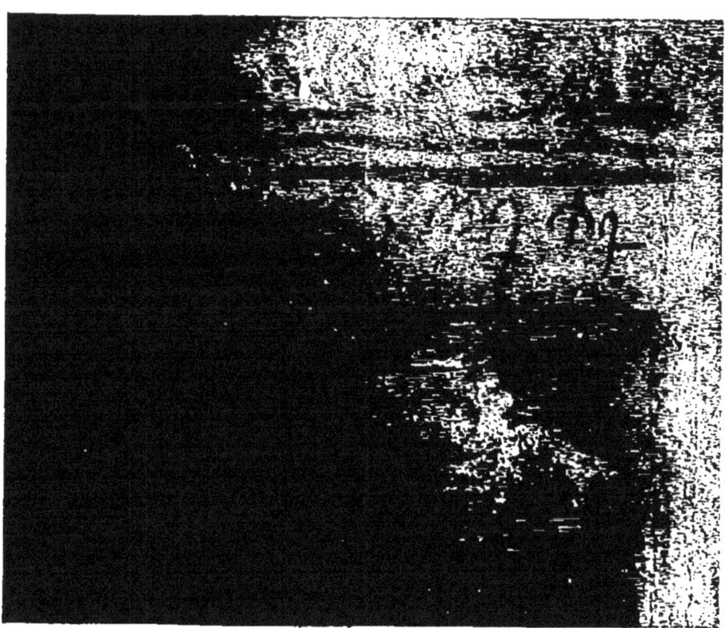

INSCRIPTIONS DE MIRAN.

Phototypie Berthaud, Paris

dessus de l'extrémité gauche de la courbe supérieure du *ṣ*, à la première ligne; trois accompagnant le dernier caractère de l'inscription et placés l'un au-dessus de lui, l'autre au-dessous, le troisième au milieu même du caractère; enfin un dernier point situé sur la prolongation de la troisième ligne, fort au-dessous du *k* qui termine la seconde. Je ne tiens pas compte de ces points, dont j'ignore le but, et qui, en tout cas, ne doivent pas modifier essentiellement la lecture. Je transcris, en renfermant entre crochets deux akṣaras de lecture moins certaine :

1 *titasa eṣū ghali*
2 *hastakrica [bhaṃma]ka*
3 *3 1000*

eṣū. — Je considère comme notant la longueur de la voyelle le trait qui tourne à droite au pied du *ṣ*. Les documents de Niya marquent l'*a* long par un trait généralement incliné ou vertical; mais il est aussi des cas où la direction de ce trait se rapproche fort de celle d'une parallèle à la ligne d'écriture : on en peut voir des exemples dans N. XV, 154 reproduit à la planche XCVII de *Ancient Khotan*.

ghali. — En dépit de la brisure qui détériore le dernier caractère de la première ligne, la lecture *li* me paraît extrêmement probable, pour ne pas dire assurée. Rien ne s'oppose à l'équivalence *ghali* = *khaḍī*. Or, en marāṭhī, *khaḍī* (cf. le sanskrit *khaṭī* «craie») signifie, entre autres choses, d'après le dictionnaire de Molesworth qui donne ces acceptions en première place : «une sorte de stéatite employée pour blanchir les murs», aussi : «une composition (de talc, gomme etc.) pour exécuter des figures sur étoffe; et aussi les figures ainsi exécutées». Je ne crois donc pas imprudent de donner à *ghali* le sens de «fresque».

krica. — Sansk. *-kṛtya.* Le premier akṣara ne comporte guère d'autre lecture; la courbe inférieure serait bien courte pour un *v.* La tête du second, *ca*, est quelque peu fantaisiste: j'en considère le dessin comme le résultat d'un tracé cursif, qui a bouclé les deux extrémités supérieures d'ordinaire séparées. — *hastakrica* « ayant pris possession de, ayant reçu ». Le sanskrit connaît, de son côté, *haste kṛ.*

[*bhaṃma*]*ka.* — L'interprétation ici présente d'autant plus de difficultés que le mot est traversé par la brisure déjà rencontrée à la première ligne. Le premier akṣara semble, avec, au pied, une courbe d'anusvāra, un *bha* ou un *tsa*, tracé obliquement, comme l'est le *gha* placé au-dessus de lui dans la ligne précédente. Ramené à la verticale, il ne présente pas toutefois complètement la forme normale de l'un ou l'autre de ces deux caractères; je mettrais volontiers cette déformation au compte de l'obliquité du tracé.

Le second akṣara semble le reste d'un *ma.* La photographie pourrait donner à penser que la courbe de ce *ma* est reliée par un trait à l'extrémité inférieure de l'akṣara précédent : j'ai appris de M. Stein que ce trait n'appartient pas au dessin de l'inscription, et la copie qu'il a faite de celle-ci ne le contient pas. Le troisième akṣara, *ka*, se lit sans difficulté.

En définitive, j'ai adopté, avec doutes, la lecture *bhaṃmaka.* On peut noter qu'il serait permis de voir dans ce terme un équivalent du sanskrit *bharman*, pour lequel la lexicographie admet le sens de pièce de monnaie. J'indique d'ailleurs ce rapprochement sans y insister, n'ayant rencontré ni dans la littérature ni dans les inscriptions la preuve de l'emploi usuel de *bharman* dans ce sens. Mais ce que semble assez nettement indiquer le texte de notre inscription, tel que je le comprends du moins, c'est que le mot de trois syllabes qui nous occupe, quelle qu'en soit la lecture vraie, désignait réellement une pièce de monnaie.

1000. — La lecture du signe correspondant est assurée par les documents Stein où on le trouve doublé du mot *sahasra.*

Je traduis : « Cette fresque (est l'œuvre) de Tita, qui a reçu 3000 [bhaṃma]kas. »

L'inscription nous donne ainsi le nom du peintre et le prix de son œuvre.

Les résultats de ce déchiffrement communiqués à M. Stein lui ont suggéré de voir dans le nom de Tita celui d'un Titus. Je suis heureux de mentionner ici cette très intéressante observation, que son auteur appuie sur le caractère même des peintures de Miran. Ces fresques, me dit-il, sont si classiques quant au style et au traitement technique[1] qu'il n'y aurait rien de surprenant à ce qu'elles fussent dues au pinceau d'un artiste provenant des provinces asiatiques de Rome. Sur quoi je remarquerai que, admise l'identification Tita = Titus, nous aurions peut-être là une explication des irrégularités d'écriture signalées plus haut, je dis celles qui concernent le tracé des akṣaras *ca* et [*bhaṃ*] : l'auteur de l'inscription étant, il n'y a pas lieu d'en douter, l'auteur de la fresque elle-même, elles seraient attribuables au fait que cette inscription fut tracée par un étranger, doublé d'un artiste.

Inscription de la porte (cotée M. v. 248, 252). — Je lis, en complétant, comme je l'ai dit plus haut, la photographie par le dessin de M. Stein :

eṣe iṣidate bujhamiputre

Traduction : « Celui-ci est Iṣidata, le fils de Bujhami. »

[1] Cf. *Explorations in Central Asia*, p. 31.

La désinence *e* au nominatif masculin singulier est assez intéressante. On peut la regarder comme une forme réellement dialectale. Mais ne pourrait-elle pas aussi provenir de l'intention de figurer, avec les moyens de la kharoṣṭhī ordinaire, le phonème noté ailleurs par le point double en forme de tréma. Car un tel phonème n'est pas complètement étranger, semble-t-il, au langage des documents en kharoṣṭhī découverts par M. Stein. Je crois pouvoir dire ici, en effet, qu'une tablette trouvée à Endere au cours de sa seconde expédition offre plusieurs exemples de la consonne surmontée du double point, et, ce qui importe au cas présent, sûrement là où il s'agit d'un nominatif masculin singulier, par exemple : *asti mayi uṭä* (*uṭa* = *uṣṭra*).

iṣidata est naturellement *ṛṣidatta*. Quant à *bujhami,* je ne vois aucune conjecture qui lui retrouve, d'une manière satisfaisante, un représentant sanskrit.

L'inscription étant placée au-dessus du personnage à cheval, c'est lui clairement que désigne *eṣe*. Maintenant, ainsi que je l'ai noté plus haut, la scène, de l'avis de M. Foucher, représente en toute probabilité le jātaka de Vessantara, et c'est Vessantara que figure ce cavalier. On connaissait déjà Vessantara sous les noms de Sou-ta-na, Siu-ta-na, Sudaṃṣṭra. Il n'y a guère de difficulté à lui concéder en plus celui de Iṣidata. Bujhami deviendra, comme conséquence, un nom nouveau de Sañjaya (ou de Phusatī ?).

Inscriptions sur soie (cotées M. III. 0015). — Ces inscriptions sont tracées à l'encre noire sur soie de couleur crème, me dit M. Stein. Certaines difficultés d'exécution ayant jusqu'à ce jour fait différer leur reproduction photographique, je donne mes lectures d'après un calque sur gélatine que M. Stein a fait tracer par son habile assistant M. Droop. Ayant lieu d'espérer, toutefois, qu'un fac-similé mécanique desdites inscriptions sera publié par la suite, je ne crois pas à propos de donner ici la reproduction de ce calque : du reste le texte n'offre pas de difficulté, sauf en deux ou trois points que je mentionnerai à la suite de la transcription. Je numérote ces inscriptions d'après l'ordre dans lequel, séparées les unes des autres, elles se succèdent sur le calque. Sont renfermés entre crochets les caractères dont il ne demeure qu'un tracé incomplet.

1 . . . . [*gha*]*dachinae bhavadu*
2 *asagoṣasa saparivarasa arughadachinae bhavadu*
3 *friyanae arughadachinae bhavadu*
4 *firinae arughadhachinae bhavadu*
5 *carokasa arughadachinae bhavadu*
6 *ṣamanayasa saparivarasa arughadhachinae bhavadu*
7 *mitrakasa sa*[*pari*] . . . .
8 . . . . [*bhava*]*du*
9 *k'ibhilasa saparivarasa* [*aru*]. . . . .

Beaucoup de caractères portent à leur pied un crochet qui les fait paraître marqués d'un anusvāra, et que je considère comme une fioriture. Il faudrait lire, en effet, dans 2 par exemple : *saṃpaṃriṃvaṃraṃsaṃ* : ce qui est inadmissible.

Je trancris par *f* dans 3 et 4 le caractère discuté 𐨥́, lu d'ordinaire *ph*; que M. Senart, avec toutes réserves, a lu *bh* dans son édition des fragments Dutreuil de Rhins; et dans lequel plus récemment (*J.R.A.S.*, 1909, p. 657 et suiv.) M. Lüders a proposé de voir un *vh*. La transcription *f* est celle de M. O. Franke, que, jusqu'à ce jour, je considère comme la plus probable.

L'akṣara transcrit *k'i* est 𐨐. La voyelle paraît sûre : la consonne ressemble fort à un caractère qui revient çà et là dans les documents de Niya, et dont l'exacte détermination n'est pas encore établie.

Le caractère que je lis *du* dans *bhavadu* est tracé d'après le type d'un *nu* et se tient, par suite, fort loin de la forme normale du *tu :* mais il n'est nullement impossible que, dans l'intention du scribe, il fût destiné à exprimer cette dernière valeur syllabique.

Dans tous les cas où elle se rencontre ici, la nasale serait linguale en phonétique sanskrite. Je dois noter que son tracé, tel qu'il se présente, pourrait être interprété comme celui d'un *ṇ;* il ne me paraît pas, toutefois, assez caractérisé dans ce sens pour que je croie devoir transcrire par la linguale.

Dans *mitrakasa,* le trait de l'*i,* d'après le calque, ne descend que très peu au-dessous de l'*m.* Je ne doute guère, cependant, que nous ayons à lire là *mi* plutôt que *me.*

Ces remarques faites sur la lecture de notre texte, quelques mots relatifs à son interprétation.

Je regarde *arugha* comme l'équivalent de *ārogya :* une équivalence dont peut rendre compte la série de formes successives *ārogga, ārugga, ārūga, ārūgha.* Ou bien le mot, mais c'est, dans le cas, peu probable, représenterait *aroga* substantif. Dans *arugha, gh* pour *g,* comme *dh* pour *d* dans *dhachinae* (4 et 6) = *dakṣiṇāyai* (à côté de *dachinae,* 1, 2, 3, 5). Nous avons, par contre, *g* pour *gh* dans *asagoṣasa.*

Je comprends comme il suit les noms propres (laissant de côté le nom incertain contenu dans 9) : *asagoṣa* = *aśvaghoṣa; caroka* = *cāruka; ṣamanaya* = *śramaṇaka.* Restent *mitraka,* qui s'explique de soi, et les deux noms féminins de 3 et 4. De *Friyana* le rapprochement s'impose avec *Fryāna,* bien connu pour être dans l'Avesta le nom d'une famille touranienne; et *Firina,* comme nom, semble bien venir aussi des alentours de l'Iran, sinon de l'Iran même.

La traduction que je donne de ces épigraphes est fondée sur leur comparaison avec d'autres inscriptions du même genre de l'Inde. A ne considérer que nos textes, on pourrait être tenté de prendre *arugha* pour sujet de la phrase. Mais les inscriptions dont je parle nous montrent *ārogya* et *dakṣiṇā* comme termes d'un composé dans des formules exprimant, comme évidemment les nôtres, les intentions attribuées à des offrandes pieuses : *imena kuśalamulena maharajarajatirajahoveṣkasa*[1] *agrabhagae bhavatu... sarvasatvana arogadachinae bhavatu* (vase de Wardak, *J.R.A.S.*, 1863, pl. X); *anena deyadharmmaparītyāgena sarvveṣaṃ prahaṇīkānaṃ ārogyadakṣiṇāye bhavatu* (inscription de Mathurā, n° 126 de la liste de M. Lüders[2]); *ātmanasya ārogyadakhiṇa māt[ā]pitinaṃ... sarvasatvānaṃ ca hitasukhārtha* (inscription kuṣane éditée par D.R. Bhandarkar[3], *J.B.B.R.A.S.*, XX, p. 269); sans doute aussi l'inscription du piédestal de Chārsada : *saṃghamitrasa*[4] *ṣamaṇasa danamukhe budhorumasa*

(1) Ma raison de transcrire *sa* est que la forme du caractère me paraît d'un type (celui du *sa* dans *titasa*) que l'on trouve dans le ms. Dutreuil de Rhins et dans les documents Stein non seulement à la finale du génitif masculin singulier, mais fréquemment aussi là où il est impossible de lire autre chose que *sa*. Dans sa transcription de cette partie et d'un autre passage de l'inscription de Wardak, M. Lüders a donné au caractère en question la valeur *sya* (*J.R.A.S.*, 1909, p. 661 et 665). On doit reconnaître que le pied de ce caractère ressemble grandement à la forme, assez particulière du reste par le retour à droite du trait final, du *ya* certainement souscrit dans *śakyamuni* à la ligne 1 de la même inscription. Et à ne prendre que l'inscription de Wardak, sans tenir compte des documents dont je viens de parler, je serais porté à lire, avec M. Lüders, *sya*. Aussi j'admets comme possible que, dans le cas particulier de Wardak, le caractère dont il s'agit ait réellement cette dernière valeur, et non celle de ce *sa* auquel je l'assimile. Si, de fait, nous avions ici un *sya*, il serait alors permis de se demander si le dit *sa* ne fut pas un *sya* à son origine. Tout ceci soit dit, bien entendu, en supposant l'exactitude du fac-similé, dans laquelle malheureusement on ne peut avoir une confiance absolue.

(2) *A list of Brāhmī inscriptions from the earliest times* etc., *E.I.*, X. La lecture ci-dessus est celle, que je ne puis qu'adopter, donnée en dernier lieu par M. Lüders (*I.A.*, XXXIII, p. 155).

(3) Je reproduis la lecture de l'éditeur, qui n'a pas publié de fac-similé.

(4) M. Vogel, qui a le premier publié la lecture et l'interprétation complètes de cette inscription, transcrit *-mitrasya*. Et il faut avouer que le tracé du *sa* s'écarte des formes ordinaires. Mais il m'est bien difficile de reconnaître au pied de l'*s* la forme, entière ou cursive, d'un *ya*. S'il y avait lieu de comparer le caractère en question avec un des types de la table de Bühler (*Ind. Pal.*), je voudrais, plutôt que de lui chercher, comme l'a fait M. Vogel, une analogie

arogada[*chi*] . .[1] (cf. Vogel, *Archæol. Survey of India*, 1903-1904, p. 250, et pl. LXVII, 1; LXX, 4). Il semble ainsi que le composé *ārogyadakṣiṇā* fût usuellement employé dans l'énoncé des profits souhaités par les pieux donateurs; et c'est lui sans doute que nous retrouvons ici. Je n'ai aucun indice pour conjecturer à quelle œuvre méritoire se réfèrent les présentes formules; peut-être forment-elles la suite d'un texte perdu qui en contenait l'énoncé : je ne puis en tout cas que les prendre comme elles se présentent et les traduis ainsi :

2. « Que cela soit pour le don de la santé à Asagoṣa avec son entourage. »

Et ainsi de suite.

J'ajouterai ici, en manière d'appendice, une note dont la forme du *ch* dans *dachinae* de nos inscriptions, laquelle est constamment Y, me fournit l'occasion.

avec le *sya* XII, 36, le mettre en regard du *sa* X, 36. Dans ce dernier exemple, l'*s* ressemble fort, si elle ne la représente pas, à celle qui se voit à la seconde syllabe du mot *masasya* dans l'inscription de Suë Vihār, l. 1 (*I. A.*, X). Cette *s* et l'*s* du mot *divase* à la ligne 2 de la même inscription peuvent être analysées conjointement comme il suit : la tête, suivie d'un trait plus ou moins vertical, suivi lui-même d'un élément qui s'écarte d'abord vers la droite pour revenir à gauche. Notre *sa* serait de même type, avec une exagération, assez bizarre à la vérité, de ce dernier élément. Et, pour le dire immédiatement, c'est une forme encore du *sa* qui se présente, à mon avis, dans B, l. 2, akṣara 4, et dans G, l. 1, akṣara 6, des épigraphes du chapiteau de Mathurā, que je dois citer tout à l'heure. Voir la planche II de l'édition que M. F. W. Thomas a donnée de ces inscriptions dans *E. I.*, IX. Dans les deux cas le savant éditeur a transcrit *sya*. Pour ma part, je crois bien que les deux caractères ainsi transcrits ne sont rien autre qu'une graphie plus lâche de la forme qu'affecte le *sa* final de *saghasa* dans A, l. 15 (*ibid.*). Nous avons là simplement une variété de l'*s* de Suë Vihār ci-dessus mentionnée.

Je dois ajouter que le *sa*, final du génitif ou non, des épigraphes de Miran en question porte dans nombre de cas (non dans tous) un crochet analogue à celui du *sa* de Chārsada, comme le font dans ces inscriptions d'autres caractères encore, ainsi que je l'ai remarqué plus haut : j'ai dit pourquoi je ne considère pas là cet appendice comme une notation.

(1) I. c. : *-dachinae*.

Comme on le sait, le *c* aspiré est habituellement représenté en kharoṣṭhī par deux formes : Ɏ (forme ancienne, plus tard le trait horizontal s'infléchit en arc) et Y. Or, en étudiant les documents de Niya, j'avais été frappé de ce fait que les formes du *ch* y semblent généralement employées non au hasard, mais d'après une loi qui fait correspondre une forme plutôt que l'autre à un phonème sanskrit déterminé. A un *ch* sanskrit originel (c'est-à-dire ne provenant pas d'un *ś* en combinaison) correspond un Ɏ ; à un *kṣ* sanskrit correspond un Y (que l'on trouve généralement surmonté du trait horizontal qu'emploie dans certains cas le ms. Dutreuil de Rhins). Et je dois ajouter, selon toute justice, que mon savant ami M. Rapson avait, indépendamment de moi, fait une observation pareille, que l'on trouvera consignée dans sa notice *On the alphabet of the Kharoṣṭhī documents* (p. 8-9)[1].

Mais le fait me semble présentement encore plus général; il paraît s'étendre à tous les textes kharoṣṭhī, et c'est ce que je voudrais indiquer dans cette note. L'insuffisance d'un certain nombre des reproductions publiées, notamment en ce qui concerne les édits d'Aśoka, ne m'a pas permis jusqu'ici d'établir une enquête aussi complète que je l'aurais souhaité. Telle que je la présente, je crois cependant qu'elle affirme trop souvent le fait dont je parle pour qu'il soit l'œuvre du hasard.

Le fait est donc celui-ci : dans la kharoṣṭhī, en règle, un *ch* correspondant à un *ch* sanskrit originel s'exprime par Ɏ ; un *ch* correspondant à un *kṣ* sanskrit s'exprime par Y.

Je ne prétends pas, toutefois, que la réciproque soit toujours vraie : à un Ɏ, par exemple, dans *pacha* du ms. Dutreuil

[1] Extrait du tome I des *Actes du XIVe Congrès international des Orientalistes.*

de Rhins A², 3, correspond un *śc* sanskrit [1]; dans *micha-* (*ibid.*, 2), un *thy*.

Des mots contenant un *c* aspiré correspondant à l'un ou l'autre des phonèmes sanscrits susdits, *ch* originel et *kṣ*, voici ceux que j'ai pu jusqu'ici relever sur les fac-similés. Suivant la notation adoptée pour la transcription des documents de Niya, je désigne ϒ par *ch*, Y par *ch'*.

Shāhbāzgarhi. — Fac-sim. Bühler, éd. VII, *Z.D.M.G.*, XLIII; éd. XII, *E.I.*, I. — Éd. VII, l. 1, *ichati* (*icch°*); l. 2, *ichaṃti* (*icch°*); l. 3, *-chaṃdo* (*chanda*); éd. XII, l. 5, *ch'aṇati* (*kṣan*); l. 7, *icha* (*icchā*); l. 9, *-ach'a-* (*akṣa*) [2].

Mansehra. — Fac-sim. Senart, *J.A.*, 8e série, XII. — Éd. V, l. 23, *moch'aye* (*mokṣa*); éd. VII, l. 32, *ichati* (*icch°*); l. 33, *-chade*(*chanda*); éd. VIII, l. 36, *-paripucha* (*-pṛcchā*); éd. XII, l. 6, *icha* (*icchā*) [3].

Taxila, tablette. — Fac-sim. Bühler, *E.I.*, IV. — L. 2 et 4, *ch'atrapasa* (*kṣatrapa*); l. 6, *ch'atrapa* [4].

(1) Dans les documents Stein, on trouve le phonème correspondant à *śc* sanskrit représenté par un *c* non aspiré surmonté du trait horizontal. C'est une notation qui, jusqu'à ce jour, leur appartient exclusivement, et je ne m'en occupe pas ici.

(2) Pour les autres édits de Shāhbāzgarhi, réduit aux fac-similés de Cunningham, je puis dire seulement que ces fac-similés, là où ils donnent exactement un *c* aspiré, confirment la distinction en question : le *ch* dans *ichati* (éd. X, l. 22; éd. XIII, l. 8); le *ch'* dans *ch'amitaviya-*, *ch'amanaye* (éd. XIII, l. 7); *ach'ati* (*ibid.*, l. 8).

(3) Ce sont là les mots dans lesquels j'ai pu constater avec certitude sur les fac-similés la forme spécifique du *c* aspiré. Je n'ai guère de doute sur celle que la reproduction lui suppose, savoir *ch'*, dans *-ach'a-* (*akṣa*), éd. XII, l. 8. Cependant le caractère apparaissant comme endommagé, je n'ai pas cru devoir citer ce mot dans mon texte.

(4) De plus, l. 1, *ch'ahara*, et l. 2, *ch'ema*, noms propres, dont le dernier impose le souvenir du sanskrit *kṣema*.

Mathurā, chapiteau. — Fac-sim. Thomas, *E.I.*, IX. — A, l. 1, *mahach'atravasa*; B, l. 3, *ch'atrave*; G, l. 1, *mahach'atavasa* [1]; l. 2, *ch'atavasa* [2].

Manikyāla, pierre. — Fac-sim. Senart, *J.A.*, 9e série, VII. — L. 4, *ch'atrapasa* [3].

Manikyāla, cylindre. — D'après la planche de Dowson (*J.R.A.S.*, 1863, pl. IV, fig. 4), le titre *ch'atrapa* deux fois. De même, *ch'atrapa* dans l'inscription du cachet (*ibid.*, fig. 6).

Taxila, vase. — Fac-sim. Lüders, *E.I.*, VIII. — *siharach'itena* [4] (*rakṣita*).

(1) Je me suis expliqué plus haut (p. 421, n. 4) sur la dernière syllabe de ce mot, que M. Thomas transcrit : *mahachhatavasya*. Le caractère qu'il lit ici *ta* avait été lu *tra* par Bhagvānlāl Indrājī et Bühler (*J.R.A.S.*, 1894). Je donne pour ce caractère, dans ce mot et celui dont je le fais suivre, la lecture de M. Thomas, sans l'intention toutefois, je dois le dire, d'affirmer par là que je regarde comme indubitable dans ces deux cas la valeur *ta*. Les épigraphes du chapiteau de Mathurā offrent, en effet, en ce qui concerne le caractère en question et ses additions, des particularités au sujet desquelles les fac-similés, tels qu'ils se présentent, ne me permettent pas de me former un jugement suffisamment assuré.

(2) Le titre se présente plus souvent dans ces épigraphes : je ne cite ici naturellement que les cas où le fac-similé m'a permis une vérification de forme. Il faut ajouter le nom propre lu *tach'ila* (= *tākṣaśila*, Bühler) ou *rach'ila* (Thomas) dans R, 1. Ce dernier vocable pourrait correspondre à un sanskrit *rakṣila*.

(3) Il semble bien qu'il faille lire, l. 11, *sach'asana*, où M. Lüders verrait l'équivalent du sanskrit *sacchāsana* (*J.R.A.S.*, 1909, p. 659). Cette équivalence admise, le *c* aspiré sanskrit auquel correspondrait *ch'* proviendrait d'un *ś* en combinaison, et le cas ne serait plus de ceux qui nous occupent.

(4) C'est avec doute que je transcris *-na*. M. Lüders a transcrit *-ṇa*, et il se peut qu'il ait raison. Il est clair que la forme du caractère appelle cette dernière lecture. Mais le tracé de l'*n* est sujet à se déformer et jusqu'à se rapprocher tellement de celui de *ṇ* qu'il ne me semble pas qu'une forme de *ṇ* impose nécessairement dans tous les cas la lecture de cette linguale. Il est vrai, comme le remarque M. Lüders, comparant très justement cette épigraphe à celle de la tablette de Taxila, que cette dernière distingue très clairement *n* et

Bīmarān. — D'après le fac-similé publié par Dowson (*J.R.A.S.*, 1863, pl. III, fig. 3), les inscriptions tracées sur le vase provenant de cette localité contiennent deux fois le mot *śivarach'itasa*[1].

Zeda. — Fac-sim. Senart, *J. A.*, 8e série, XV. — L. 1, *ch'unami* (*kṣaṇa*)[2].

Ara. — Fac-sim. Banerji, *I. A.*, XXXVII. — L. 3, -*ch'uṇami*. De même, dans l'inscription d'Ohind, *ch'unami*, d'après le fac-similé de Cunningham, *A. R.*, V, pl. XVI, n° 2. Aussi probablement *ch'unaṃmi*, dans celle du vase de Hidda, si l'on en peut juger par le dessin donné face à p. 262 de *Ariana Antiqua*.

Suē Vihār. — Fac-sim. Hoernle, *I. A.*, X. — L. 2, *bhich'usya* (*bhikṣu*)[3].

ṇ et donne un ṇ à *śakamuṇisa*, où ṇ répond à un *n* sanskrit. Et c'est ce qui aurait lieu dans l'inscription du vase. — Mais, par contre, la tablette de Taxila, sur sept nasales lisibles correspondant à *n* sanskrit, attribue le signe très nettement tracé de *n* à six de ces nasales; le cas précité faisant seul exception. Il y aurait là plutôt un indice qu'à Taxila la nasale correspondant à *n* sanskrit était *n*, non *ṇ*. Et, pour ce qui est de l'exception elle-même, je rappellerai à quel point le tracé de *n* portant la voyelle *e* peut prendre, sans doute par raison de graphie, la forme de *ṇ*. Que l'on compare dans la table de Bühler (*Ind. Pal.*) *ṇe* III, 19 et *ne* III, 24. On peut bien se demander si le *ṇi* dans *śakamuṇisa* de Taxila (et, soit dit en passant, aussi des pādukās, avec ici, de plus, le *ṇi* de *padaṇi*) n'est pas simplement un *ni* dont la forme est tracée à l'instar de cette forme du *ne*. Sous ces considérations j'ai donc préféré la dentale : dans quelle mesure, je l'ai dit au début.

(1) Je mentionnerai aussi l'inscription dont le fac-similé est donné à la planche LXX, 8, de *A.S.I.*, 1903-1904, où M. Vogel lit *budharachidasa*. Le fac-similé fait cette lecture possible, le *c* aspiré serait encore *ch'*.

(2) De plus, si mon interprétation est correcte (*J. A*, 10e série, III), un nom propre, *ch'alapa*.

(3) La lecture *kichubini* (l. 3) donnée par M. Hoernle a été modifiée par Bühler en *kuṭubini* (cf. *Ind. Pal.*, § 12).

Wardak. — L. 3, *-dach'inae* (*dakṣiṇā*), d'après le fac-similé de Dowson (*J. R. A. S.*, 1863, pl. X).

Il semble aussi que la reproduction donnée par M. Vogel dans *A. S. I.*, 1903-1904, pl. LXX, 4, de l'épigraphe inscrite sur le piédestal de Chārsada invite à lire *-dach'i(nae)*.

Il se peut que le *ch'* se retrouve encore à la troisième ligne de l'inscription de Dewai, dont le fac-similé a été publié par M. Senart (*J. A.*, 9ᵉ série, IV, pl. V, n° 34). Mais la lecture du caractère et celle du texte auquel il appartient est trop peu sûre pour être utilisée ici [1]. — De même, l'inscription de Maira, d'après les fac-similés donnés par Cunningham (*A. R.*, V, pl. XXVIII) semble contenir le *ch'* : malheureusement l'insuffisance de ces reproductions n'en permet pas ici l'emploi.

[1] M. Senart a proposé avec les plus grandes réserves (*o. c.*, p. 512-513) la lecture *nagachatra* (i. e. : *nagach'atra*), et, avec les mêmes réserves, rapproché ce mot du *samanachatra* (i. e. *-ch'a-*, puisque, comme je vais le dire, *-mo-* est plus vraisemblable) lu par Bühler dans l'épigraphe E du chapiteau de Mathurā (*J. R. A. S.*, 1894, p. 536). Mais il semble que ce *samanachatra* n'existe pas : Bhagvānlāl avait lu *samanamotra*, reconnu d'ailleurs possible par Bühler (*ibid.*, n. 5), et M. Thomas, affirmant la non-existence du *c* aspiré (le fac-similé ne donne pas cette partie de l'épigraphe), lit *sa(sam?)manamota* et suggère même *-mata*.

Avec toutes les incertitudes qu'impose la graphie de cette troisième ligne, voici comment j'en comprendrais actuellement la lecture. D'abord *nagach'asa*, en admettant que le troisième caractère représente un *c* aspiré, et regardant dès lors comme adventice la fine courbe inférieure de droite, symétrique à celle de gauche, qui donne au caractère l'aspect d'un huit, et pourrait le faire lire *u* : cf., par exemple, l'*u* de *udaga* dans N. XV, 122, *Anc. Khot.*, pl. XCVII. On aurait dans *nagach'asa* le nom du donateur au génitif. Puis, avec la voyelle finale incertaine, *deyamukha* : un composé qui se place entre *deyadharma* et *dānamukha*. Des deux akṣaras suivants je lirais le dernier : *ta*; dans le premier on pourrait peut-être à la rigueur reconnaître un *ce* très défiguré. Ainsi *ceta* : ce serait l'objet offert, démontré par *ima* qui suit et semble terminer la ligne. Le mot serait à comparer au prākrit *caïtta*, qui a le sens de *caitya*, qu'il y corresponde effectivement (cf. Hemac., 2, 13) ou qu'il soit, comme le voulait Pischel (*Gram. der Prāk. Spr.*, § 281) l'équivalent de *caitra*, dans le sens de *caitya*. A *nagach'a* correspondrait en sanskrit *nāgākṣa*.

Monnaies. — Leurs légendes fournissent les vocables suivants : *ch'atrapa*, *mahach'atrapa* (passim) ; *pracach'a* (*pratyakṣa*), (cf. en particulier Gardner, *Catalogue*, pl. X, 10 ; pl. XI, 3) ; *ch'aharata* (*kṣaharāta*) [cf. Rapson, *Cat. of Indian Coins*, pl. IX, 237 ; 243 et suiv.].

Ms. Dutreuil de Rhins. — Fac-sim. Senart, *J.A.*, 9e série, XII (1). — A1, 2, *adhikachati* (*gacch°*) ; 3, *ch'aya* ; 6, *-ch'aye* ; 7, *-ch'ayi* (*kṣaya*). — A2, 5, *bhich'avi* (*bhikṣu*) ; *anurach'adha* (*rakṣ*) ; 8, *-ch'emasa* (*kṣema*) ; Fragm., *cha.* (*chanda*) (2). — A3, 3, *cach'uma* (*cakṣumant*) ; 14, *rach'ati* (*rakṣ*) ; 16, *avech'iti* (*īkṣ*). — B, 20, *nadhikachati* (*gacch°*) ; 25, *-ch'aye* (*kṣaya*) ; 26, *bhich'ati* (*bhikṣ*) ; 30, 31, *adhikachi* (*gacch°*) ; 35, *chetva* (*chid*) ; 37, *china* (*chid*) ; 53, *bhich'ave* (*bhikṣu*) ; 54, *ch'ira-* (*kṣīra*) (3). — C r°, 26, *ichia* (*icch°*) ; 41, *-ch'a[ya]* (*kṣaya*). — C v°, 9, *rach'a* (*vṛkṣa*) (4) ; 17, 18, *-ch'emu* (*kṣema*) ; 32, *-pamoch'u* (*-mokṣa*) ; *chitvana* ; 33, *ch.tvana* (*chid*) ; 41, *ichia* (*icch°*).

On le voit, la distinction énoncée à propos des documents Stein se maintient ailleurs avec une persévérance où il me semble difficile de ne pas reconnaître l'expression d'une loi. Et c'est justement cet emploi constant de la forme *ch'* pour représenter un *c* aspiré équivalent à *kṣ* sanskrit qui fait que l'on pouvait dire avec Bühler, jusqu'à la découverte du ms. Dutreuil de Rhins, que tous les types du *c* aspiré postérieurs à l'époque d'Aśoka ne laissent voir que cette forme (*Ind. Pal.*, § 12). En fait, l'autre forme ne se présentait pas parce qu'aucun

(1) Cette liste des mots en *c* aspiré vérifiables sur les fac-similés reproduit les lectures de M. Senart, sauf deux légères divergences portant sur les voyelles : *i* pour *e* (Lüders) dans B, 54 ; *o* que je crois devoir lire plutôt que *u* dans C v°, 32.

(2) D'après l'identification de M. Lüders, *Bemerkungen zu dem Kharoṣṭhī Manuscript des Dhammapada*, *G.N.*, 1899, p. 476.

(3) Cf. Lüders, o. c., p. 483.

(4) Senart, p. 285 ; Lüders, o. c., p. 490.

des mots contenus dans les inscriptions à nous connues ne devait l'y amener. Souvent, par contre, le *c* aspiré y correspondait à un *kṣ* sanskrit : *ch'atrapa, ch'unami, dach'inae*, etc. Maintenant, si deux formes différentes furent constamment employées pour figurer, l'une, le *c* aspiré qui correspond au *ch* originel sanskrit, l'autre, celui qui correspond au *kṣ*, nous ne pouvons guère nous soustraire à la conclusion que les deux *c* aspirés ne se prononçaient pas d'une façon identique[1]. Et ainsi, à moins

[1] A consulter les fac-similés du ms. Dutreuil de Rhins, il semble que ce ms. fasse aussi une distinction entre le *ṭ* aspiré correspondant à *ṣṭ, ṣṭh* sanskrit et celui qui correspond à *sth* (auquel il faudrait joindre *st*, mais les exemples font défaut). On sait que le *ṭ* aspiré est représenté en kharoṣṭhī par deux formes. Désignons l'une, 7, par *ṭh*, l'autre, ꟼ, par *ṭh'*. On a dans le ms. Dutreuil de Rhins :

A², 2, *-diṭhi;* A³, 4, *aṭhagio, śeṭho* (2 fois); 6, *utiṭha* (écrit très probablement pour *-ṭhe*, Senart); 14, *śeṭhi;* A⁴, 2, *-diṭhi-;* B, 12, 14, *praviṭhasa;* C r°, 33, *raṭha;* C v°, 12, *diṭho, diṭha;* où *ṭh* représente *ṣṭ*, respectivement *ṣṭh*, de *dṛṣṭi, aṣṭa, śreṣṭha, uttiṣṭhet, śreṣṭhin, praviṣṭa, rāṣṭra, dṛṣṭa*. De plus, fragm. 2 à gauche de A¹, *ciṭhatu* (*tiṣṭha-*, cf. Lüders, *o. c.*, p. 476).

Mais : A³, 7, *uṭh'anena;* 8, *uṭh'anamato;* 9, *uṭh'ane* (*ne* pour *na*, faute de scribe, remarque M. Senart; de même, dans l'exemple, pris au même vers, qui suit, *ṭh'e*, car l'*e* me semble certain, pour *ṭh'a*); *anuṭh'chatu;* 16, *pravaṭaṭh'o, bhumaṭh'a;* C r°, 24, *dhamaṭh'o;* dont les équivalents sanskrits sont en (*s*)*th*, *sth*. Il faut y joindre C v°, 5, *ṭh'i-* (*sthira*, Lüders, *o. c.*, p. 488).

De même, dans les inscriptions postérieures à celles d'Aśoka, nous trouvons un certain nombre de mots contenant un *ṭ* aspiré correspondant à un *ṣṭ* ou *ṣṭh* sanskrit ; là, autant que j'ai pu le constater, la graphie est encore *ṭh* : Suë Vihār, *yaṭhi* (*yaṣṭi*, Hoernle); Hashtnagar, *proṭhavadasa* (*prauṣṭhapada*); Taxila, tablette, *aṭha* (*aṣṭa*); Mathurā, *pratiṭhavito*, et autres. — Mais c'est un *ṭh'* qui correspond au *st* sanskrit dans *ṭh'uvaṃ* (Manikyāla), *ṭh'upa* (d'après mon interprétation, Zeda).

Il faut remarquer, par contre, que dans les inscriptions d'Aśoka, lesquelles, à le conclure des renseignements donnés par Bühler, ignorent le *ṭh*, on trouve, éd. IV, à Shāhbāzgarhi, l. 10, *sreṭh'aṃ* (Bühler, *Z.D.M.G.*, XLIII, p. 130), et aussi à Mansehra, l. 17, *sreṭh'e*, comme semble l'indiquer le fac-similé publié par M. Senart. Et, pour expliquer cet emploi du *ṭh'* dans les édits d'Aśoka, j'hésiterais à supposer la formation plus tardive du caractère *ṭh* : rien ne prouve, ce me semble, que ce caractère n'existait pas dès lors, et que la kharoṣṭhī ne possédait pas les deux formes du *ṭ* aspiré, comme elle possédait les deux formes du *c* aspiré.

M. A.-M. BOYER.

de supposer que cette double prononciation fût propre aux dialectes écrits en kharoṣṭhī, celle-ci, dans sa fonction d'exprimer le langage, se sera trouvée sur un point du moins un instrument plus délicat que la brāhmī.

En outre, dans les documents Stein, il est des points qui demeurent encore obscurs relativement à l'équivalence du ṭ aspiré aux groupes sanskrits. Je ne puis donc, en ce qui concerne l'emploi de ses deux formes, apporter présentement quelque conclusion générale, mais il m'a semblé que les faits ci-dessus exposés méritaient néanmoins d'attirer l'attention.

www.ingramcontent.com/pod-product-compliance
Ingram Content Group UK Ltd.
Pitfield, Milton Keynes, MK11 3LW, UK
UKHW020228200726
13856UKWH00004B/1663